CB048763

# O ESCARAVELHO DE OURO

EDGAR ALLAN POE

EDGAR ALLAN POE

# O ESCARAVELHO DE OURO

*tradução*
Cesar Alcázar

CURITIBA
2016

Tradução: Cesar Alcázar

Capa e projeto gráfico: Frede Tizzot

Revisão: Tatiana E. Ikeda



P743e Poe, Edgar Allan
O escaravelho de ouro / Edgar Allan Poe ; tradução Cesar Alcázar. Curitiba : Arte & Letra, 2016.
96p.

ISBN 978-85-60499-79-3

1. Literatura norte-americana. 2. Conto. I. Alcázar, Cesar. II. Título.

CDU 82-32

**Arte & Letra Editora**
Alameda Dom Pedro II, 44. Batel.
Curitiba - PR - Brasil / CEP: 80420-060
Fone: (41) 3223-5302
www.arteeletra.com.br - contato@arteeletra.com.br

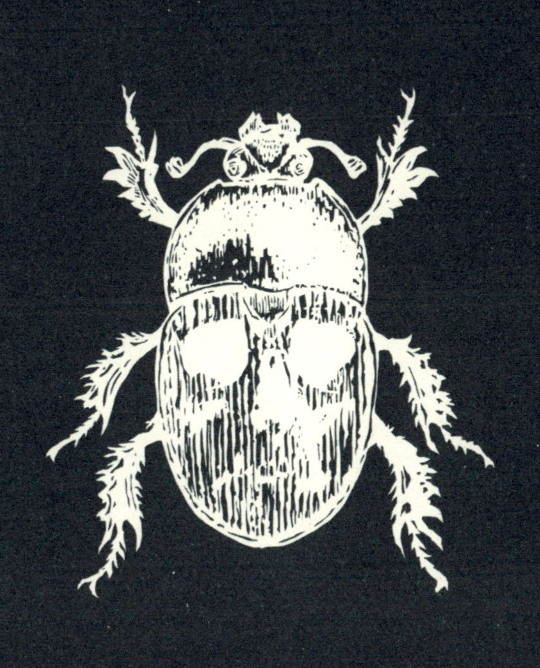

*Ôa! Ôa! Este rapaz está dançando feito louco!*
*Ele foi picado pela Tarântula.*
*All in the wrong.*[1]

Há muitos anos, tornei-me íntimo de certo Sr. William Legrand. Ele pertencia a uma antiga família huguenote, e havia sido muito rico; porém, uma série de infortúnios o reduzira à pobreza. Para evitar a humilhação decorrente de seus revezes, ele deixou Nova Orleans, a cidade de seus antepassados, e estabeleceu residência na Ilha Sullivan, perto de Charleston, Carolina do Sul.

Esta ilha é bastante peculiar. Ela consiste em pouco mais do que areia, e tem cerca de três milhas de comprimento. Sua largura, em nenhum ponto, excede um quarto de milha. É separada do

[1] Edgar Allan Poe atribuiu sua epígrafe à peça *All in the wrong*, de Arthur Murphy (1727 – 1805), entretanto, ela não contém os versos citados.

continente por um córrego quase imperceptível, que faz seu caminho em meio a uma imensidão de juncos e lodo, refúgio preferido da galinha-d'água. A vegetação, como se poderia supor, é escassa, ou, no mínimo, atrofiada. Nenhuma árvore de qualquer magnitude pode ser vista. Próximo da extremidade ocidental, onde o Forte Moultrie se ergue, e onde há alguns prédios de aparência miserável, ocupados durante o verão pelos fugitivos da poeira e da febre de Charleston, pode ser encontrado, entretanto, o ouriçado palmito; mas a ilha inteira, exceto por este ponto a oeste e por uma linha de areia branca na costa, está coberta por uma vegetação rasteira densa, composta pela murta-de-cheiro, muito valorizada pelos horticultores da Inglaterra. Aqui, este arbusto alcança quinze ou vinte pés de altura com frequência, e forma um bosque quase impenetrável, carregando o ar com sua fragrância.

Nos recessos mais profundos deste bosque, pouco distante da ponta mais remota e oriental da ilha, Legrand havia construído para si uma cabana pequena, a qual ele ocupava quando, pela primeira vez, por mero acidente, eu o conheci. O encontro logo se transformou em amizade – pois havia muito no ermitão para despertar interesse e apreço. Eu o julguei ser bem educado, com capacidades mentais incomuns, mas contaminado pela misantropia e sujeito a perversas alterações de humor que variavam do entusiasmo à melancolia. Ele possuía muitos livros, mas raramente os usava. Seu entretenimento preferido era a caça e a pesca, ou passear ao longo da praia e no meio das murtas procurando por conchas ou espécies entomológicas – sua coleção destas últimas poderia fazer inveja a um Swammerdam[2]. Nestas excursões, ele era geralmente acompanhado por um negro velho, chamado Júpiter, que havia sido alforriado antes dos revezes sofridos pela família, mas que não poderia ser induzido, nem por ameaças ou promessas, a abandonar o que ele considerava seu direito de assistir os passos de seu jovem "sinhô Will". Não é improvável que os parentes de Legrand, julgando-o possuir um intelecto em tanto instável, tenham planejado incutir esta obstinação em Júpiter visando supervisionar e proteger o andarilho.

[2] Jan Swammerdam (1637 - 1680) - Microscopista e naturalista holandês.

Os invernos na latitude da Ilha Sullivan poucas vezes são muito severos, e no fim do ano é realmente um evento raro quando uma fogueira é considerada necessária. Em meados de outubro de 18——, houve, entretanto, um dia de frio excepcional. Logo antes do pôr do sol, eu atravessei os arbustos até a cabana de meu amigo, o qual eu não havia visitado por várias semanas – minha residência, naquela época, era em Charleston, a uma distância de nove milhas da Ilha, e os meios de ir e voltar eram muito inferiores ao que são hoje. Após alcançar a cabana, bati como de costume e, não recebendo resposta, busquei a chave onde eu sabia que a escondiam, destranquei a porta e entrei. Um belo fogo ardia na lareira. Foi uma surpresa, mas de modo algum uma surpresa desagradável. Tirei meu sobretudo, sentei em uma poltrona ao lado da lenha crepitante e aguardei pacientemente por meus anfitriões.

Pouco depois de escurecer, eles chegaram, e me deram as mais cordiais boas-vindas. Júpiter, sorrindo de orelha a orelha, apressou-se a preparar algumas galinhas-d'água para a janta. Legrand estava tendo um de seus ataques – de que outra forma eu poderia chamá-los? – de entusiasmo. Ele havia encontrado um bivalve desconhecido, formando um gênero novo e, mais do que isso, havia caçado e capturado, com assistência de Júpiter, um escaravelho que acreditava ser totalmente novo, e ele queria minha opinião a respeito disso no dia seguinte.

— E por que não esta noite? – Perguntei, esfregando minhas mãos sobre as chamas e desejando que toda a tribo de escaravelhos fosse para o Inferno.

— Ah, se ao menos eu soubesse que você estava aqui – disse Legrand –, mas já fazia tanto tempo que eu não o via; e como eu poderia prever que você me faria uma visita logo nesta noite dentre tantas outras? Ao que voltava para casa, encontrei o Tenente G——, do forte, e, muito tolo que fui, emprestei o inseto a ele; portanto, será impossível vê-lo até a manhã. Fique aqui esta noite, e mandarei Jup buscar o inseto ao nascer do sol. É a coisa mais linda na Criação!

— O quê? O nascer do sol?

— Que bobagem! Não! O inseto. Ele é de um dourado brilhante, quase do tamanho de uma noz de nogueira, com duas manchas negras perto de uma extremidade da traseira, e uma mancha um tanto mais comprida na outra. As antenas são...

— Num tem nenhuma lata nele, Sinhô Will, eu fico dizendo – aqui Júpiter interrompeu –, o bicho é de ouro maciço, cada pedacinho dele, por dentro e tudo, a num sê a asa; nunca vi um inseto tão pesado na vida.

— Bem, supondo que seja, Jup – respondeu Legrand, um pouco mais seriamente, me pareceu, do que o caso pedia –, isto seria razão para você deixar as galinhas queimarem? A cor – aqui ele se voltou para mim – é mesmo quase o bastante para atestar a opinião de Júpiter. Você nunca viu um lustre metálico mais brilhante que o emitido pela carapaça, mas isso você não poderá julgar até amanhã. Nesse meio tempo, eu posso lhe dar uma ideia quanto ao formato do inseto – dizendo isto, sentou-se a uma mesinha, sobre a qual havia pena e tinta, mas nenhum papel. Ele procurou por algum em uma gaveta, mas nada encontrou.

— Não importa – ele disse enfim –, isto servirá. – E retirou do bolso do colete um pedaço do que julguei ser um papel ofício muito sujo, e rascunhou sobre ele com a pena. Enquanto ele fazia isso, permaneci em meu assento perto do fogo, pois eu ainda estava gelado. Quando o desenho ficou completo, ele o entregou a mim sem se levantar. Ao que o recebi, um rosnado alto foi ouvido, seguido de um arranhar à porta. Júpiter a abriu e um cão Terra-nova enorme, pertencente a Legrand, entrou correndo, saltou sobre meus ombros e me encheu de afagos, pois eu havia dado muita atenção a ele em visitas anteriores. Quando suas estripulias terminaram, olhei o papel e, para falar a verdade, senti-me um tanto confuso quanto ao que o meu amigo havia retratado.

— Bem – eu disse após contemplá-lo por alguns minutos –, este é um escaravelho estranho, devo confessar, novo para mim, nunca vi algo como ele antes, a não ser um crânio ou uma caveira, ele parece mais isto do que qualquer outra coisa que eu já tenha tomado conhecimento.

— Uma caveira! – Legrand repetiu. – Oh, sim. Bem, ele tem um pouco dessa aparência no papel, sem dúvida. As duas manchas negras de cima parecem olhos, não é? E a mais comprida, em baixo, parece uma boca, e o formato dele é oval.

— Talvez sim – eu disse –, mas, Legrand, temo que você não seja um artista. Devo esperar até ver o próprio escaravelho para formar uma ideia quanto a sua aparência pessoal.

— Bem, eu não sei – disse ele, um tanto aborrecido – meu traço é tolerável. Deveria ser, pelo menos, tive bons mestres, e me agrada pensar que não sou nenhum estúpido.

— Mas então você está brincando, meu caro amigo – disse –, este é um crânio bem passável. Na verdade, devo dizer que é um crânio excelente, de acordo com as noções vulgares sobre tais espécies da fisiologia. E o seu escaravelho deve ser o escaravelho mais estranho do mundo se ele se parece com isso. Ora, podemos criar uma superstição bem emocionante sobre esta semelhança. Presumo que você irá chamar o inseto de *scarabæus caput hominis*, ou algo do estilo, há muitos nomes similares na História Natural. Mas onde estão as antenas de que você falou?

— As antenas? – disse Legrand, que parecia estar ficando inexplicavelmente exaltado com o assunto. – Tenho certeza de que você pode ver as antenas. Eu as desenhei com tanto destaque quanto elas têm no inseto original, e presumo que seja o suficiente.

— Tudo bem, tudo bem – eu disse –, talvez você tenha desenhado, ainda assim não as vejo – e devolvi o papel a ele sem mais nenhum comentário, não querendo irritá-lo; mas fiquei muito surpreso com o rumo que as coisas haviam tomado; seu mau humor me intrigava e, quanto ao desenho do escaravelho, não havia mesmo nenhuma antena visível, e sua forma possuía uma semelhança muito forte com o feitio habitual de uma caveira.

Ele pegou o papel com muita irritação e estava prestes a amassá-lo, aparentemente para jogá-lo ao fogo, quando um vislumbre casual do desenho pareceu, de súbito, prender sua atenção. Em um instante sua face ficou violentamente vermelha – em outro, ficou excessivamente pálida. Por alguns minutos, ele continuou a inspecionar o desenho minuciosamente em sua cadeira. Enfim, ele se levantou, pegou uma vela de cima da mesa e foi sentar-se sobre um baú no canto mais distante da sala. Então ele fez outro exame ansioso do papel, virando-o em todas as direções. Entretanto, ele não disse nada, e sua conduta me espantou muito; achei sensato não agravar seu aborrecimento crescente com algum comentário. Logo, ele tirou uma carteira do bolso de seu casaco, colocou o papel com cuidado dentro dela e depositou ambos em uma escrivaninha, que chaveou. Agora seu comportamento estava mais calmo; mas seu ar de entusiasmo original havia desaparecido por completo. No entanto, ele parecia mais distraído do que aborrecido. Ao que a noite avançou ele ficou cada vez mais absorvido em devaneios, dos quais nenhum de meus gracejos conseguiu despertá-lo. Era minha intenção ter passado a noite na cabana, como eu havia feito diversas vezes, porém, vendo meu anfitrião naquele estado, achei apropriado partir. Ele não insistiu para que eu ficasse, mas, quando saí, apertou minha mão com bem mais do que sua cordialidade habitual.

Foi cerca de um mês mais tarde (e durante este intervalo não vi Legrand) que recebi a visita, em Charleston, do empregado dele, Júpiter. Eu nunca havia visto o bom e velho negro tão cabisbaixo, e temi que alguma tragédia pudesse ter recaído sobre o meu amigo.

— Bem, Jup – eu disse –, qual é o problema agora? Como está o seu mestre?

— Pra falar a verdade, sinhô, ele num tá tão bem quanto podia tá.

— Não está bem? Lamento muito ouvir isto. De que ele se queixa?

— É! É isso! Reclama, num reclama, mas tá muito doente mesmo assim.

— Muito doente, Júpiter! Por que você não disse de uma vez? Ele está acamado?

— Não, isso ele num tá! Ele num acha lugar nenhum, esse que é o problema, tô muito preocupado com o sinhô Will.

— Júpiter, eu gostaria de entender o que você está falando. Você diz que seu mestre está doente. Ele não disse o que o aflige?

— Ora, sinhô, num vale a pena ficá zangado com isso. O sinhô Will num diz nada que tá acontecendo com ele. Mas então o que é que faz ele saí por aí procurando, de cabeça baixa, e aí aparecê branco que nem um ganso? E ele só anda com umas sinfra o tempo todo...

— Anda com o quê, Júpiter?

— Anda com umas sinfra e uns desenho na lousa, os desenho mais esquisito que eu já vi. Eu tava começando a ficá com medo, num sabe. Tinha que ficá de olho em cima dele. Outro dia escapuliu de mim antes de amanhecê e ficô fora todo o santo dia. Eu cortei uma vara bem grande pra surrá ele na volta, mas eu sô tão bobo que num tive coragem, ele tava com jeito tão doente.

— Hein? O quê? Ah, sim, considerando tudo você fez bem em não ser tão severo com o pobre coitado. Não o chicoteie, Júpiter, ele não suportaria isto muito bem. Mas você tem alguma ideia do que ocasionou esta doença, ou melhor, esta mudança de comportamento? Alguma coisa ruim aconteceu desde que os vi?

— Não, sinhô, num aconteceu nada ruim nesse tempo, acho que foi antes disso, bem no mesmo dia que o sinhô tava lá.

— Como? O que você quer dizer?

— Ora, sinhô, quero dizê o bicho, isso aí.

— O quê?

— O bicho, eu tenho quase certeza que o bicho de ouro mordeu o sinhô Will na cabeça.

— E que motivos você tem, Júpiter, para tal suposição?

— Os ferrão, sinhô, e a boca também. Eu nunca vi um bicho tão endiabrado, ele chuta e morde qualquer coisa que chega perto. O sinhô Will pegô ele, mas teve que soltá na mesma hora, tô dizendo.

Nessa hora que ele deve tê mordido. Eu num gostei nada de vê a boca do bicho, não mesmo, eu num ia pegá aquilo com os dedo, então eu peguei um pedaço de papel que tinha achado. Eu enrolei ele no papel e meti um pedaço na boca dele, foi bem desse jeito.

— Então você acha mesmo que seu mestre foi mordido pelo escaravelho, e que a picada fez com que ele adoecesse?

— Eu num acho nada, eu sei. Por que é que ele vive sonhando com ouro se ele num foi mordido por aquele bicho de ouro? Ele num tinha nem ouvido falá daqueles bicho de ouro antes.

— Mas como você sabe que ele tem sonhado com ouro?

— Como é que eu sei? Porque ele fala disso dormindo, ora. Assim que eu sei.

— Bem, Jup, talvez você esteja certo; mas a que evento afortunado devo atribuir a honra de receber a sua visita hoje?

— O que foi, sinhô?

— Você trouxe alguma mensagem do Sr. Legrand?

— Não, sinhô, eu trouxe esse papel aqui – e Júpiter me entregou um bilhete que dizia o seguinte:

Meu caro ——

Por que você não tem aparecido? Espero que você não tenha sido tolo de tomar como ofensa minhas pequenas rabugices; mas, não, isto é improvável.

Desde que o vi, tive muitos motivos para ficar ansioso. Tenho algo a contar, embora mal saiba como irei fazê-lo, não sei nem se devo contar.

Não tenho me sentido bem nos últimos dias, e o pobre e velho Júpiter me amola, quase além do que posso suportar, com sua atenção bem intencionada. Você acredita? Outro dia, ele preparou uma vara com a qual iria me castigar por ter escapado dele e passado o dia sozinho entre as colinas do continente. Acredito piamente que minha aparência adoentada tenha sido o que me salvou de um chicoteamento.

Não fiz nenhuma alteração em meu gabinete desde que nos encontramos. Mas, se você puder, de qualquer modo, fazer com que isto seja conveniente, venha para cá com Júpiter. Venha. Eu gostaria de vê-lo hoje à noite para tratar de assuntos importantes. Asseguro que são assuntos da maior importância.

Do seu amigo, William Legrand.

Havia algo no tom desta nota que me deixou bastante inquieto. Seu estilo inteiro era substancialmente distinto daquele de Legrand. Sobre o que ele estaria fantasiando? Que nova extravagância havia possuído seu cérebro excitável? Que "assuntos da maior importância" ele poderia ter? O relato de Júpiter não pressagiava nada de bom. Temi que a pressão contínua dos infortúnios houvesse, enfim, perturbado a razão de meu amigo. Sem um momento de hesitação, portanto, me preparei para acompanhar o negro.

Quando chegamos ao cais, reparei em uma foice e três pás, todas aparentemente novas, repousando no fundo do bote que estávamos para embarcar.

— O que significa tudo isso, Júpiter? – inquiri.

— A foice dele, sinhô, e as pá.

— Por certo; mas o que elas estão fazendo aqui?

— São a foice e as pá que o sinhô Will disse pra mim comprá na cidade, e foi um dinheirão do diabo que eu tive que pagá por elas.

— Mas em nome de tudo o que é mais misterioso, o que o seu "sinhô Will" vai fazer com foices e pás?

— Isso é mais do que tô sabendo, e o diabo que me carregue, mas deve sê mais do que ele sabe também. Mas é tudo por causa do bicho.

Percebendo que não obteria nenhuma satisfação de Júpiter, cujo intelecto parecia estar absorvido pelo "bicho", entrei no barco e levantei a vela. Com uma brisa forte e constante, logo chegamos àquela pequena enseada ao norte do Forte Moultrie, e uma caminhada de duas milhas nos levou até a cabana. Era cerca de três horas da tarde quando chegamos. Legrand havia nos aguardado com uma expectativa ansiosa. Ele agarrou minha mão com um ardor nervoso que me alarmou, e fortaleceu a suspeita que eu já entretinha. Seu rosto estava pálido, quase cadavérico, e seus olhos fundos cintilavam com um brilho anormal. Após algumas indagações a respeito de sua saúde, perguntei a ele, sem saber algo melhor para dizer, se ele havia recebido o escaravelho de volta do Tenente G——.

— Oh, sim – ele respondeu, corando violentamente. – Eu o consegui na manhã seguinte. Nenhuma tentação deveria me separar daquele escaravelho. Você sabe que Júpiter estava certo sobre ele?

— Em que sentido? – perguntei com um pressentimento triste no coração.

— Em supor que o inseto é mesmo de ouro. – Ele disse isto com um ar de profunda seriedade, e eu fiquei indescritivelmente chocado.

— Este inseto me fará enriquecer – ele continuou, com um sorriso triunfante –, irá me reintegrar aos bens de minha família. É de se admirar, então, que eu o estime? Já que a Sorte achou apropriado concedê-lo a mim, tenho apenas que usá-lo do modo apropriado e chegarei até o ouro que ele aponta. Júpiter, traga-me o escaravelho!

— Quê? O bicho, sinhô? Eu prefiria num me metê com aquele bicho, o sinhô deve de pegá ele sozinho – posto isto, Legrand se levantou com um ar sério e imponente, e trouxe-me o besouro de um vidro onde ele estava guardado. Era um belo escaravelho e, naquela época, ainda desconhecido pelos naturalistas. Sem dúvida um grande achado, do ponto de vista científico. Havia duas manchas pretas redondas em uma extremidade das costas, e uma mais alongada na outra ponta. A carapaça era extremamente dura e brilhosa, com toda a aparência de ouro polido. O peso do inseto era notável e, levando tudo em consideração, eu mal poderia recriminar Júpiter por sua opinião a respeito dele; mas, sobre a concordância de Legrand com essa opinião, eu, pela minha vida, não sabia o que pensar.

— Mandei buscá-lo – ele disse, em um tom grandiloquente, quando terminei de examinar o besouro. – Mandei buscá-lo para que eu tivesse seu aconselhamento e auxílio para aprofundar os pontos de vista do Destino e do inseto…

— Meu caro Legrand – exclamei, interrompendo-o –, com certeza você não está bem e deveria tomar algumas pequenas precauções. Você deve ir para a cama, e eu ficarei aqui alguns dias até que você supere isto. Você está febril e…

— Sinta meu pulso – ele disse.

Senti e, para dizer a verdade, não encontrei a mínima indicação de febre.

— Mas você pode estar doente e, ainda assim, não ter febre. Permita-me receitar algo a você desta vez. Em primeiro lugar, vá deitar. Em seguida…

— Você está enganado – ele interviu –, estou tão bem quanto poderia estar sob a agitação em que me encontro. Se você realmente deseja o meu bem, você acalmará esta agitação.

— E como isto será feito?

— Muito fácil. Júpiter e eu faremos uma expedição às colinas, no continente, e, nesta expedição, precisaremos da ajuda de uma pessoa em quem podemos confiar. Você é o único em quem podemos confiar. Quer eu tenha sucesso ou fracasse, a agitação que você vê agora em mim será igualmente aliviada.

— Estou ansioso para ajudá-lo de qualquer forma – respondi –, mas você quer dizer que este escaravelho infernal tem alguma ligação com esta viagem às colinas?

— Ele tem.

— Então, Legrand, não posso tomar parte em tal ação absurda.

— Lamento, lamento muito, pois deveremos tentar ir sozinhos então.

— Tentar ir sozinhos? O homem está mesmo louco! Mas, espere, por quanto tempo você pensa em ficar ausente?

— Provavelmente a noite inteira. Devemos começar de imediato e voltar, em todo o caso, ao amanhecer.

— E você me promete, com sua palavra de honra, que quando este seu devaneio estiver acabado, e este assunto do inseto (bom Deus!) estiver satisfatoriamente resolvido, você vai retornar para casa e seguir meus conselhos, como seu médico, às cegas?

— Sim, eu prometo; e agora vamos partir, pois não temos tempo a perder.

Com o coração pesado, acompanhei meu amigo. Começamos por volta das quatro da tarde – Legrand, Júpiter, o cachorro e eu. Júpiter trazia com ele a foice e as pás – que ele insistira em carregar – mais por medo, me pareceu, de deixar qualquer um destes implementos ao alcance de seu mestre, do que por algum excesso de diligência ou complacência. Sua conduta era obstinada ao extremo e "aquele bicho maldito" foram as únicas palavras que escaparam de seus lábios durante a jornada. De minha parte, eu carregava duas lanternas escuras, enquanto Legrand contentou-se com o escaravelho, que ele levava preso à ponta de um cordel de chicote, balançando-o para lá e para cá com um ar de feiticeiro ao que seguia em frente. Quando observei esta última evidência clara da perturbação mental de meu amigo, mal pude conter as lágrimas. Achei melhor, entretanto, aceitar sua extravagância, pelo menos naquele momento, ou até que eu pudesse adotar medidas mais enérgicas com alguma chance de sucesso. Neste meio tempo, tentei sondá-lo, em vão, a respeito do objetivo da empreitada. Tendo conseguido induzir-me a acompanhá-lo, ele não parecia disposto a conversar sobre qualquer assunto de menor importância, e para todas as minhas perguntas ele não oferecia outra resposta além de "veremos!".

Cruzamos o córrego na cabeceira da ilha com um esquife e, galgando as terras altas na costa do continente, prosseguimos em direção ao noroeste através de um trecho de terreno excessivamente selvagem e deserto, onde nenhum traço de pegada humana podia ser visto. Legrand liderava o caminho decidido; pausando aqui e ali apenas por instantes, para consultar o que pareciam ser pontos de referência criados por ele mesmo em alguma ocasião anterior.

Deste modo viajamos por cerca de duas horas, e o sol estava se pondo quando chegamos a uma região infinitamente mais lúgubre do que as que já havíamos visto. Era uma espécie de platô, perto do cume de uma colina quase inacessível, densamente arborizada da base ao topo e intercalada por penhascos enormes que pareciam estar soltos acima do solo, e que em muitos casos eram impedidos de desabar vale abaixo apenas pelo suporte das árvores sobre as quais se reclinavam. Ravinas profundas, em várias direções, davam à cena um ar de solenidade ainda mais severo.

A plataforma natural que havíamos escalado era coberta por silvas, e logo descobrimos que teria sido impossível atravessá-la não fosse pelo uso da foice; e Júpiter, por orientação de seu mestre, abriu um caminho para nós até o pé de um tulipeiro gigantesco, que jazia na área plana, com mais oito ou dez carvalhos, e os superava em tudo, e a todas as árvores que já havia visto, pela beleza de sua forma e folhagem, pelo longo alcance de seus galhos e pelo esplendor geral de sua aparência. Quando alcançamos esta árvore, Legrand virou-se para Júpiter e lhe perguntou se ele achava que poderia escalá-la. O velho pareceu um tanto desconcertado com a pergunta, e, por alguns momentos, não deu resposta. Enfim, ele se aproximou do tronco enorme, andou vagarosamente ao redor dele e o examinou com atenção minuciosa. Quando ele terminou seu escrutínio, simplesmente disse:

— Sim, sinhô Will, Jup escalô qualquer árvore que já viu na vida.

— Então, suba o mais rápido possível, pois logo estará escuro demais para podermos ver o que precisamos.

— Até onde eu tenho que subí, sinhô? – Júpiter inquiriu.

— Escale o tronco principal primeiro e depois direi para onde ir. Pare! Aqui, leve o escaravelho com você.

— O bicho, sinhô Will! O bicho de ouro! – gritou o negro, recuando assustado. – Pra que é que eu vô levá o bicho lá pra cima da árvore? Não mesmo!

— Se você está com medo, Jup, um negro grande como você, de segurar um besourinho morto inofensivo, então você pode carregá-lo pela corda. Mas, se você não levá-lo até lá de algum modo, eu me verei na necessidade de quebrar a sua cabeça com esta pá.

— Qual o problema agora, sinhô? – Jup disse, evidentemente envergonhado e submisso. – Sempre qué arrumá confusão com o preto velho. Eu só tava brincando mesmo. Eu com medo do bicho! Que me importa o bicho? – Então, ele pegou cuidadosamente o fim da corda e, mantendo o inseto o mais longe de si que as circunstâncias podiam permitir, preparou-se para subir na árvore.

Na juventude, o tulipeiro, ou *Liriodendron tulipifera*, a mais magnífica das árvores florestais americanas, tem um tronco singularmente liso, e muitas vezes chega a grandes alturas sem galhos laterais; entretanto, em sua idade mais madura, a casca se torna áspera e irregular, enquanto muitos ramos curtos surgem no caule. Assim, a dificuldade da escalada, no caso presente, jazia mais na aparência do que na realidade. Abraçando o cilindro gigantesco, tanto quanto possível, com seus braços e joelhos, agarrando algumas saliências com as mãos e repousando os dedos dos pés nus sobre outras, Júpiter, após escapar de cair uma ou duas vezes, enfim contorceu-se até a primeira grande forquilha, e pareceu considerar a empreitada como praticamente concluída. O risco desta façanha estava, de fato, acabado agora, embora Júpiter estivesse há uns sessenta ou setenta pés do chão.

— Pra que lado vô agora, sinhô Will? – ele perguntou.

— Continue pelo maior galho, o que está deste lado – disse Legrand. O negro obedeceu de imediato e, aparentemente, sem grande dificuldade; ascendendo cada vez mais alto, até que nenhum sinal de sua figura atarracada pudesse ser visto através da folhagem densa que o envolvia. Logo, sua voz foi ouvida aos gritos.

— Quanto mais tenho que subí?

— O quão alto você está? – perguntou Legrand.

— Muito longe – respondeu o negro –, tô enxergando o céu pela copa da árvore.

— Esqueça o céu, mas preste atenção no que digo. Olhe para baixo de você e conte os galhos que estão neste lado. Quantos galhos você passou?

— Um, dois, três, quatro, cinco... Eu passei cinco galho grande desse lado, sinhô.

— Então, suba mais um.

Dentro de alguns minutos, a voz foi ouvida outra vez, anunciando que o sétimo galho havia sido alcançado.

— Agora, Jup – gritou Legrand, visivelmente muito empolgado –, quero que você percorra este galho o tanto quanto puder. Se você avistar algo estranho, avise.

A esta altura, o pouco de dúvidas que eu poderia ter acerca da insanidade de meu amigo se acabou. Não tive alternativa a não ser concluir que ele estava acometido pela loucura, e fiquei na ânsia de levá-lo para casa. Enquanto eu refletia sobre o que poderia fazer de melhor, a voz de Júpiter foi ouvida novamente.

— Tô com medo de ir muito longe nesse galho… esse galho tá todinho morto.

— Você disse que o galho está morto, Júpiter? – Legrand gritou com a voz trêmula.

— Sim, sinhô, mortinho da silva, acabadinho, partiu dessa pra melhor.

— O que, em nome de Deus, devo fazer? – Legrand perguntou, parecendo estar em uma enorme aflição.

— O que fazer? – Eu disse, grato pela oportunidade de interpor uma palavra. – Ora, volte para casa e vá para a cama. Vamos! Seja bonzinho. Está ficando tarde e, além disso, lembre-se de sua promessa.

— Júpiter – ele gritou, sem me dar a mínima atenção –, está me ouvindo?

— Sim, sinhô Will, tô escutando muito bem.

— Então examine bem a madeira, com a sua faca, e veja se ela está muito podre.

— Ela tá podre, sinhô, certeza – respondeu o negro dentro de instantes –, mas não tão podre quanto podia tá. Posso andá um pouquinho mais em cima dele sozinho, é verdade.

— Sozinho? O que você quer dizer?

— Ora, quero dizê o bicho. Esse bicho pesado. Quem sabe eu posso largá ele então pro galho não quebrá com o peso só desse preto aqui.

— Seu vigarista infernal! – Gritou Legrand, aparentemente aliviado. – O que você espera ao me dizer uma besteira como esta? Assim que você largar o inseto eu quebro seu pescoço. Olhe aqui, Júpiter, está me ouvindo?

— Sim, sinhô, num precisa gritá assim com o pobre preto.

— Bem, então ouça: se você percorrer o galho até onde achar seguro, sem soltar o escaravelho, eu lhe darei de presente um dólar de prata assim que você descer.

— Tô indo, sinhô Will, tô andando – o negro respondeu prontamente –, tô quase no fim agora.

— Quase no fim? – Aqui Legrand praticamente gritou. – Você quer dizer que está quase no fim do galho?

— Chegando no fim, sinhô. OOOOOH! Minha Nossa Sinhora! Que é isso na árvore?

— Bem, – gritou Legrand, altamente satisfeito – o que é?

— Ora, é uma caveira, alguém deixô ela aqui em cima da árvore e os corvo comeram a carne dela todinha.

— Uma caveira, você diz! Muito bem, como ela está presa ao galho? O que a segura?

— Tá certo, sinhô; vô olhá. Ora, é um negócio muito estranho, palavra de honra. Tem um prego grande na caveira, é o que tá prendendo ela na árvore.

— Bem, Júpiter, agora faça exatamente o que eu disser, está ouvindo?

— Sim, sinhô.

— Preste atenção então. Encontre o olho esquerdo da caveira.

— Ah! Sei, essa é boa! Num tem mais olho nenhum aqui.

— Maldita seja sua estupidez! Você sabe diferenciar sua mão direita da esquerda?

— Sim, eu sei isso, sei tudo disso, é cum a minha mão esquerda que eu corto lenha.

— Sem dúvida! Você é canhoto; e seu olho esquerdo fica do mesmo lado que sua mão esquerda. Agora suponho que você consiga encontrar o olho esquerdo da caveira, ou o lugar onde este olho estava. Você encontrou?

Aqui houve uma longa pausa. Enfim, o negro perguntou:

— O olho esquerdo da caveira é no mesmo lado que a mão esquerda da caveira também? Porque a caveira num tem mais mão nenhuma. Deixa pra lá! Achei o olho agora. Aqui tá o olho esquerdo! Que tenho que fazê?

— Deixe o escaravelho cair através dele, tanto quanto a corda puder alcançar, mas, tenha cuidado e não solte a corda.

— Tudo feito, sinhô Will; foi muito fácil colocá o bicho pelo buraco, olha ele chegando aí em baixo!

Durante este colóquio, nenhuma parte da pessoa de Júpiter podia ser vista; mas o escaravelho, que ele havia feito descer, estava agora visível ao fim da corda e brilhava, como um globo de ouro polido, sob os últimos raios do sol poente, que ainda iluminavam debilmente a elevação onde nos encontrávamos. O escaravelho pendeu livre de quaisquer galhos e, caso fosse solto, teria caído diante de nossos pés. Legrand agarrou a foice de imediato e limpou um espaço circular de três ou quatro jardas de diâmetro logo abaixo do inseto e, tendo feito isto, ordenou a Júpiter que soltasse a corda e descesse da árvore.

Fincando uma estaca no solo, com grande minúcia, no ponto exato onde o escaravelho havia caído, meu amigo então tirou do bolso uma fita métrica. Prendendo uma ponta da fita ao local do tronco que estava mais próximo da estaca, ele a desenrolou até que ela alcançasse esta estaca, e então a desenrolou ainda mais na direção já estabelecida pelos dois pontos formados pela árvore e pela estaca a uma distância de cinquenta pés – Júpiter cortando as silvas com a foice. No lugar assim definido, uma segunda estaca foi cravada e, usando-a como centro, um círculo tosco com cerca de quatro pés de diâmetro foi traçado ao redor dela. Tomando para si uma pá, e oferecendo uma a Júpiter e outra para mim, Legrand implorou para que começássemos a cavar o mais rápido possível.

Para falar a verdade, eu não tinha nenhum apreço especial por este tipo de passatempo e, naquele momento em particular, eu o teria declinado de bom grado, pois a noite se aproximava e eu já me sentia muito exausto devido à jornada; porém, não vi modo de escapar, e temi perturbar a tranquilidade de meu pobre amigo com uma recusa. Pudesse eu ter contado, de fato, com a ajuda de Júpiter, eu não teria hesitado em tentar levar o louco para casa à força; mas eu estava muito seguro quanto às inclinações do velho negro para esperar que ele me ajudasse, sob quaisquer circunstâncias, em um confronto pessoal com seu mestre. Eu não tinha dúvidas de que este último havia sido contaminado por alguma das inúmeras superstições Sulistas sobre dinheiro enterrado, e que esta fantasia havia recebido confirmação com a descoberta do escaravelho ou, talvez, com a insistência de Júpiter em sustentar que o inseto seria "de ouro mesmo". Uma mente disposta à loucura seria facilmente carregada por tais insinuações – em especial se elas estiverem em harmonia com ideias preconcebidas bem apreciadas –, e então, me recordei de que o pobre homem havia falado que o inseto "apontava para sua riqueza". No todo, eu estava melancolicamente contrariado e confuso, mas, por fim, resolvi fazer da necessidade uma virtude – cavar com boa vontade e assim convencer o visionário, o mais rápido possível e com seus próprios olhos, de que as ideias que entretinha eram uma falácia.

Tendo acendido as lanternas, nos colocamos a trabalhar com um zelo digno de uma causa mais racional; e, ao que a luz banhou nossas pessoas e nossos equipamentos, não pude deixar de pensar no quanto éramos pitorescos como grupo, e no quanto nossos trabalhos pareceriam estranhos e suspeitos para qualquer intruso que, por acaso, pudesse esbarrar em nosso paradeiro.

Cavamos constantemente por duas horas. Pouco foi dito; e os uivos do cachorro, que havia tomado um interesse excessivo por nossas atividades, foram nosso principal estorvo. Ele, com o tempo, ficou tão barulhento que começamos a temer que o ruído pudesse alertar algum andarilho das redondezas – ou melhor, este era o medo de Legrand –; quanto a mim, eu teria me alegrado caso alguma interrupção pudesse ter me permitido levá-lo para casa. O barulho foi, enfim, efetivamente silenciado por Júpiter que, saindo do buraco com um ar obstinado de autoridade, amarrou a boca do animal com um de seus suspensórios, e depois retornou, com um riso abafado, à sua tarefa.

Quando o tempo mencionado terminou, havíamos atingido cerca de cinco pés de profundidade, e nenhum sinal de tesouro havia se tornado evidente. Uma pausa geral se seguiu, e comecei a ter esperanças de que a farsa estivesse chegando ao fim. Legrand, entretanto, embora evidentemente descomposto, enxugou a testa e recomeçou, pensativo. Havíamos escavado por completo o círculo com quatro pés de diâmetro, e então alargamos um pouco este limite, e atingimos mais dois pés de profundidade. Ainda assim, nada apareceu. O caçador de ouro, pelo qual eu sinceramente me apiedava, enfim saiu aos trancos da cova com a mais amarga decepção estampada em sua face, e começou, lenta e relutantemente, a vestir o casaco que havia jogado para longe no início dos trabalhos. Neste meio tempo, não fiz nenhum comentário. Júpiter, ao sinal de seu mestre, começou a recolher as ferramentas. Feito isto, e tendo removido a focinheira do cão, retornamos em profundo silêncio para casa.

Havíamos dado, talvez, uma dúzia de passos nesta direção quando, com uma imprecação estrondosa, Legrand andou até Júpiter e o agarrou pelo colarinho. O negro, espantado, arregalou os olhos e ficou de boca aberta, soltou as pás e caiu de joelhos.

— Seu velhaco! – disse Legrand, assoviando as sílabas entre os dentes cerrados. – Seu negro bandido infernal! Fale, estou mandando! Responda-me neste instante, sem evasiva! Qual... qual é o seu olho esquerdo?

— Oh, por deus, sinhô Will! Num é esse daqui o meu olho esquerdo? – bramiu o aterrorizado Júpiter, colocando a mão sobre seu órgão ocular direito, mantendo-a sobre ele com uma perseverança desesperada, como se estivesse com medo de que seu mestre fosse tentar cegá-lo.

— Foi o que pensei! Eu sabia! Viva! – Legrand vociferou soltando o negro e se pondo a saltitar e rodopiar, para espanto de seu criado que, levantando-se, olhou, sem dizer nada, de seu mestre para mim, e depois de mim para seu mestre.

— Venham! Temos que voltar – disse Legrand –, o jogo ainda não acabou. – E ele liderou o caminho para o tulipeiro mais uma vez.

— Júpiter – ele disse, quando chegamos ao pé da árvore –, venha aqui! O crânio estava pregado ao galho com a face para fora, ou com a face para o tronco.

— A cara tava pra fora, sinhô, pros corvo arrancarem os olho sem nenhum problema.

— Bem, então, foi por este olho ou aquele que você baixou o escaravelho? – aqui Legrand tocou cada um dos olhos de Júpiter.

— Foi esse olho, sinhô, o esquerdo, que nem o sinhô tá dizendo. – E aqui o negro indicou seu olho direito.

— Isto vai servir, devemos tentar outra vez.

Então, o meu amigo, em cuja loucura eu agora via, ou pensava que via, certas indicações de método, removeu a estaca que marcava o ponto onde o escaravelho havia caído e a colocou em um lugar a cerca de três polegadas ao oeste de sua posição anterior. Levando agora a fita métrica do ponto mais próximo na árvore até a estaca, como antes, e continuando a extensão em linha reta pela distância de cinquenta pés, um novo ponto foi indicado, distante muitas jardas do ponto onde havíamos cavado.

Ao redor da nova posição, um círculo, um tanto maior que o da ocasião anterior, foi desenhado, e mais uma vez nos colocamos a trabalhar com as pás. Eu estava terrivelmente cansado, porém, mal compreendendo o que havia ocasionado a mudança em meus pensamentos, eu não mais sentia uma grande aversão pelo esforço imposto. Eu havia ficado inexplicavelmente interessado – não, até empolgado. Talvez houvesse algo em meio ao comportamento extravagante de Legrand – um ar de premeditação, ou deliberação, que me impressionava. Cavei ansiosamente, e de vez em quando me peguei procurando de verdade, com algo que muito lembrava a expectativa, pelo tesouro imaginário cuja visão havia enlouquecido meu infeliz companheiro. Em um período em que tais pensamentos caprichosos me possuíam por completo, e quando havíamos cavado por cerca de uma hora e meia, fomos interrompidos outra vez pelos uivos violentos do cachorro. Sua inquietação, da primeira vez, havia sido evidentemente o resultado de uma brincadeira ou pirraça, mas agora ele havia assumido um tom amargo e sério. Ao que Júpiter tentou amordaçá-lo de novo, ele resistiu com fúria e, pulando dentro do buraco, destroçou o húmus freneticamente com suas patas. Em alguns segundos, ele havia revelado uma massa de ossos humanos, formando dois esqueletos completos, entremeados por diversos botões de metal e pelo que pareciam ser fragmentos de lã apodrecida. Um ou dois golpes de pá fizeram surgir uma faca espanhola grande, e, ao que cavamos mais fundo, três ou quatro peças soltas de ouro e moedas de prata se revelaram.

Ante esta visão, a alegria de Júpiter quase não podia ser contida, mas o semblante de seu mestre exibia um ar de decepção extrema. Ele insistiu, entretanto, que continuássemos com nossos esforços, e suas palavras mal haviam sido pronunciadas quando tropecei e caí para frente, tendo prendido a ponta de minha bota em um grande anel de ferro que jazia meio enterrado na terra solta.

Agora trabalhávamos com convicção, e nunca passei dez minutos de mais intenso entusiasmo. Durante este tempo, quase desenterramos por inteiro um baú oblongo de madeira, o qual, dada sua preservação perfeita e solidez fantástica, evidentemente havia passado por algum processo de mineralização – talvez aquele do bicloreto de mercúrio.

Esta caixa tinha três pés e meio de comprimento, três pés de largura, e dois pés e meio de profundidade. Estava bem fixada com tiras de ferro forjado rebitadas, formando um tipo de treliça aberta sobre a caixa toda. Em cada lado do baú, perto do topo, havia três anéis de ferro – seis no total – por meio dos quais seis pessoas poderiam carregá-lo com firmeza. Nossos maiores esforços em conjunto serviram apenas para mal remexer a arca em sua base. De pronto vimos a impossibilidade de se remover um peso tão grande. Por sorte, os únicos meios de fechamento da tampa eram dois trincos. Puxamos os dois – tremendo e ofegando de ansiedade. Em um instante, um tesouro de valor incalculável jazia brilhante à nossa frente. Ao que a luz das lanternas caiu no poço, um clarão e um brilho subiram de um amontoado confuso de ouro e joias, ofuscando nossos olhos.

Não fingirei descrever os sentimentos com os quais encarei a cena. O espanto foi, é claro, predominante. Legrand parecia exausto com a excitação, e falou poucas palavras. A face de Júpiter, por alguns minutos, apresentou uma palidez tão mortal quanto possível, naturalmente, para o rosto de um negro. Ele parecia estupefato – aturdido. Logo, ele caiu de joelhos dentro do poço e, enterrando os braços nus no ouro até os cotovelos, os deixou lá, como se estivesse desfrutando o luxo de um banho. Por fim, com um suspiro profundo, ele exclamou, como se fizesse um monólogo:

— E isso tudo veio do bicho de ouro! O pobre bicho de ouro! O coitadinho do bicho de ouro que eu xingava daquele jeito ruim! Não tá com vergonha de si, preto? Responde isso!

Tornou-se necessário, enfim, que eu chamasse a atenção de mestre e servo para a conveniência de se remover o tesouro. Estava ficando tarde e nos competia fazer esforço para que pudéssemos recolher tudo antes do amanhecer. Era difícil dizer o que deveria ser feito, e muito tempo foi gasto em deliberações – tão confusas eram as ideias de todos. Nós finalmente diminuímos o peso da caixa ao retirarmos dois terços de seu conteúdo, assim fomos capazes, com certa dificuldade, de erguê-la para fora buraco. As peças retiradas foram colocadas entre as silvas, e o cão foi deixado lá para cuidá-las com ordens estritas de Júpiter para que, em hipótese alguma, saísse do local ou abrisse a boca até o nosso retorno. Então, nos apressamos em voltar para casa com o baú; alcançando a cabana com segurança, após uma labuta excessiva, à uma da manhã. Esgotados como nos encontrávamos, estava além da natureza humana fazer algo mais imediatamente. Descansamos até as duas e jantamos, partindo de imediato para as colinas logo em seguida munidos de três sacos robustos, os quais, por sorte, estavam na propriedade. Chegamos ao poço um pouco antes das quatro, dividimos o restante do espólio entre nós, tão igualmente quanto possível, e, deixando os buracos descobertos, voltamos outra vez para a cabana na qual, pela segunda vez, depositamos nossos fardos de ouro ao que os primeiros raios débeis do amanhecer brilharam sobre o topo das árvores no leste.

Estávamos agora completamente demolidos; mas a emoção intensa do momento nos negava o repouso. Após um cochilo inquieto que durou cerca de três ou quatro horas, nos levantamos, como se tivéssemos combinado previamente, para fazer um exame de nosso tesouro.

O baú havia estado cheio até a borda, e passamos o dia inteiro, e a maior parte da noite seguinte, em um exame minucioso de seu conteúdo. Ele não tinha nenhum tipo de ordem ou organização. Tudo havia sido amontoado dentro dele promiscuamente. Tendo classificado o montante com cuidado, nos descobrimos em posse de uma riqueza ainda mais vasta do que tínhamos suposto a princípio. Em moedas havia um pouco mais de quatrocentos e cinquenta mil dólares – estimando o valor das peças, tão precisamente quanto podíamos, pelas tabelas daquela época. Não havia uma partícula sequer de prata. Era tudo ouro de épocas passadas e de grande variedade – dinheiro francês, espanhol e alemão, com alguns guinéus ingleses e algumas fichas, das quais nunca tínhamos visto exemplares antes. Havia várias moedas muito grandes e pesadas, tão gastas que não conseguíamos discernir nada de suas inscrições. Não havia dinheiro americano. Encontramos mais dificuldade em estimar o valor das joias. Havia diamantes – alguns deles extremamente grandes e belos –, cento e dez no total, e nenhum deles era pequeno; dezoito rubis de brilho notável; trezentas e dez esmeraldas, todas muito bonitas; e vinte e uma safiras, com uma opala. Estas pedras haviam sido todas retiradas de suas armações e colocadas soltas no baú. As armações propriamente ditas, que recolhemos em meio ao resto do ouro, pareciam ter sido destruídas com martelos, como se para impedir sua identificação. Além de tudo isto, havia uma vasta quantidade de ornamentos em ouro maciço: perto de duzentos anéis e brincos sólidos; ricas correntes, trinta delas se bem me lembro; oitenta e três crucifixos muito grandes e pesados; cinco incensórios dourados de enorme valor; uma prodigiosa tigela de ponche dourada, ornamentada com folhas de videira e imagens da Bacanália belamente entalhadas; duas empunhaduras de espada primorosamente gravadas e muitos outros artefatos menores que não consigo lembrar. O peso destes objetos de valor ultrapassava as trezentas e cinquenta libras *avoirdupois*; e nesta estimativa eu não incluí cento e noventa e sete relógios de ouro soberbos; três deste montante valendo quinhentos dólares cada. Vários deles eram muito antigos, e imprestáveis como marcadores de tempo; tendo as engrenagens sofrido, mais ou menos, com a corrosão – porém, todos eram ricamente adornados com joias e mantidos em estojos de grande valor. Naquela noite, estimamos o valor do conteúdo inteiro do baú em um milhão e meio de dólares; e após a eliminação subsequente de bijuterias e joias (algumas delas guardadas para nosso uso), descobrimos que havíamos subvalorizado o tesouro.

Quando, por fim, concluímos nossa análise, e a empolgação intensa do momento havia, de certo modo, diminuído, Legrand, o qual percebeu que eu estava morrendo de impaciência para saber a solução daquele enigma extraordinário, entrou em detalhes acerca de todas as circunstâncias conectadas a ele.

— Você lembra – ele disse – da noite em que eu lhe dei o esboço que fiz do escaravelho. Você recorda também que fiquei bastante irritado por você ter insistido que meu desenho lembrava uma caveira. Quando você fez esta afirmação da primeira vez, pensei que você estivesse brincando; mas depois chamei a atenção para os pontos peculiares na traseira do inseto e admiti para mim mesmo que o seu comentário tinha alguma pequena base em fato. Ainda assim, a zombaria acerca de minhas habilidades gráficas me irritaram, pois sou considerado um bom artista, e, portanto, quando você me passou o pedaço de pergaminho, eu estava prestes a amassá-lo e jogá-lo com raiva no fogo.

— O pedaço de papel, você quer dizer – falei.

— Não; ele tinha muito da aparência do papel, e a princípio pensei que fosse, porém, quando fui desenhar sobre ele, descobri de imediato que se tratava de um pedaço de pergaminho muito fino. Ele estava bem sujo, você lembra. Bem, ao que eu estava no próprio ato de amassá-lo, meu olhar caiu sobre o esboço que você havia observado, e você pode imaginar minha surpresa quando notei, de fato, a figura de uma caveira bem no local, me pareceu, onde eu havia feito o desenho do escaravelho. Por um momento eu fiquei espantado demais para pensar com precisão. Eu sabia que o meu desenho era bastante diferente em detalhes daquele, embora houvesse certa similaridade nos traços gerais. Logo, peguei uma vela e, sentando do outro lado da sala, comecei a examinar o pergaminho mais rigorosamente. Ao virá-lo, vi meu próprio esboço no verso, bem como eu o havia desenhado. Meu primeiro pensamento, então, foi de mera surpresa ante a similaridade notável dos traços, ante a coincidência singular envolvida no fato de haver, sem meu conhecimento, uma caveira no outro lado do pergaminho, imediatamente debaixo de meu esboço do escaravelho, e que esta caveira, não apenas em aparência, mas em tamanho, se parecia tanto com meu desenho. Digo que a peculiaridade desta coincidência me deixou absolutamente estupefato por algum tempo. Este é o efeito comum de tais coincidências. A mente luta para estabelecer uma conexão, uma sequência de causa e efeito, e, não conseguindo fazer isto, ela sofre uma espécie de paralisia temporária. Entretanto, quando me recuperei deste estupor, cresceu gradualmente em mim uma convicção que me assustou ainda mais do que a coincidência. Comecei a lembrar, distinta e positivamente, de que não havia nenhum desenho no pergaminho quando fiz meu esboço do escaravelho. Eu fiquei perfeitamente certo disto, pois me lembrei de ter virado o pedaço para um lado e depois para o outro, procurando pelo lugar mais limpo. Estivesse a caveira lá, é claro, eu não poderia ter deixado de notá-la. Ali estava de fato um mistério que pensei ser impossível de se explicar; porém, mesmo naquele momento inicial, pareceu brilhar, vagamente, dentro dos recantos mais remotos e secretos de meu intelecto, uma concepção bruxuleante da verdade que a aventura da noite passada veio a confirmar de forma tão magnífica. Levantei-me de pronto e, colocando o pergaminho em um lugar seguro, dispensei maiores reflexões até que eu estivesse sozinho.

"Quando você partiu, e quando Júpiter estava dormindo profundamente, entreguei-me a uma investigação mais metódica do caso. Em primeiro lugar, considerei o modo como o pergaminho havia chegado a minha posse. O lugar onde encontramos o escaravelho fica no litoral do continente, cerca de uma milha ao leste desta ilha, e a uma distância curta acima da marca de maré alta. Assim que o apanhei, ele me deu uma picada forte, o que me fez deixá-lo cair. Júpiter, com sua cautela habitual, antes de pegar o inseto, que havia voado na direção dele, procurou por alguma folha, ou algo deste tipo, para capturá-lo com ela. Foi neste momento que os olhos dele, e os meus também, caíram sobre o pedaço de pergaminho, que então supus ser um papel. Ele estava meio enterrado na areia, uma ponta se projetando para fora. Perto do local onde o encontramos, observei os restos de um casco do que parecia ter sido o escaler de um navio. O escombro parecia estar lá há muito tempo, pois sua semelhança com um costado de navio mal podia ser percebida."

"Bem, Júpiter recolheu o pergaminho, embrulhou o escaravelho nele e o deu para mim. Logo em seguida, começamos a voltar para casa, e no caminho encontramos o Tenente G——. Mostrei-lhe o inseto, e ele implorou minha permissão para levá-lo até o forte. Após meu consentimento, ele enfiou o inseto no bolso do colete de imediato, sem o pergaminho no qual ele havia sido embrulhado, o qual eu continuei a segurar em minha mão enquanto ele fazia sua análise. Talvez ele temesse que eu mudasse de ideia, e achou melhor garantir o achado de uma vez; você sabe como ele é entusiasmado acerca de todos os assuntos relacionados à História Natural. Ao mesmo tempo, sem tomar consciência disso, devo ter colocado o pergaminho no meu próprio bolso."

"Você lembra que, quando fui até a mesa com o intuito de fazer um esboço do escaravelho, não encontrei papel no lugar onde usualmente os guardo. Olhei dentro da gaveta e não encontrei nada nela. Procurava em meus bolsos, com a esperança de encontrar alguma carta velha, quando minha mão caiu sobre o pergaminho. Deste modo eu explico a maneira exata com que o pergaminho veio parar em minha posse, pois tais circunstâncias me impressionaram com uma força peculiar."

"Sem dúvida você me tomará por alguém imaginativo, mas logo eu já havia estabelecido um tipo de ligação. Havia unido dois elos de uma grande corrente. Um barco jazia na costa do mar, e não muito longe do barco estava um pergaminho, não um papel, com um crânio desenhado nele. Você irá, é claro, perguntar *onde está a ligação?* Respondo que o crânio, ou caveira, é o bem conhecido símbolo dos piratas. A bandeira da caveira é hasteada em todas as batalhas."

"Eu disse que o pedaço era de pergaminho, e não papel. O pergaminho é durável, quase imperecível. Assuntos breves raramente são gravados em pergaminhos, já que, para os meros fins comuns do desenho e da escrita, ele não se adéqua tão bem quanto o papel. Esta reflexão sugeriu algum significado, alguma relevância, na caveira. Não deixei de observar também a forma do pergaminho. Embora uma de suas pontas tenha sido destruída por algum acidente, podia-se perceber que sua forma original era retangular. Era apenas uma tira, na verdade, que poderia ter sido escolhida para um memorando, para um registro de algo a ser lembrado por muito tempo, e preservado com cuidado."

— Mas – interpus – você disse que o crânio não estava no pergaminho quando fez o desenho do escaravelho. Como, então, você traçou alguma ligação entre o barco e o crânio, já que este último, de acordo com a sua própria afirmação, deve ter sido desenhado (só Deus sabe como ou por quem) em algum período subsequente ao seu esboço do escaravelho?

— Ah, neste ponto gira todo o mistério; embora, naquele momento, eu não tenha tido maiores dificuldades de resolver o segredo. Meus passos eram seguros, e poderiam proporcionar apenas um resultado. Raciocinei, por exemplo, o seguinte: quando desenhei o escaravelho, não havia um crânio aparente no pergaminho. Quando havia terminado o desenho, eu o dei a você, e o observei cuidadosamente até que ele fosse devolvido. Você, portanto, não desenhou o crânio, e ninguém mais estava presente para desenhá-lo. Então, ele não foi desenhado por meios humanos. E, no entanto, ele foi desenhado.

"Neste estágio de minhas reflexões eu me esforcei para lembrar, e lembrei com total clareza, de cada incidente que ocorreu no período em questão. O tempo estava frio (oh, que excepcional e feliz acaso!), e um fogo ardia na lareira. Eu estava aquecido por causa do exercício e sentei perto da mesa. Você, por outro lado, arrastou uma cadeira para junto da chaminé. Assim que coloquei o pergaminho em sua mão, e ao que você estava no ato de examiná-lo, Wolf, o Terra-nova, entrou e saltou sobre seus ombros. Com a mão esquerda você o afagou e também o afastou, enquanto a direita, que segurava o pergaminho, pôde cair indiferentemente entre os seus joelhos e ficar mais próxima do fogo. Em dado momento pensei que a chama havia tocado o pergaminho, e eu estava prestes a alertá-lo, porém, antes que eu pudesse falar, você levantou a mão e ocupou-se em sua análise. Quando levei todos estes pormenores em consideração, não duvidei por um único instante que o calor havia sido o agente responsável por fazer surgir sobre o pergaminho a caveira que vi desenhada nele. Você bem sabe que existem preparações químicas, desde tempos imemoráveis, por meio das quais é possível escrever sobre papel ou velino de modo que os caracteres tornem-se visíveis apenas quando submetidos à ação do fogo. Zaffre, corroído na água régia e diluído em quatro vezes de seu peso em água, às vezes é empregado, resultando numa tintura verde. O régulo de cobalto, dissolvido na solução de ácido nítrico, produz um vermelho. Estas cores desaparecem em intervalos mais longos ou mais curtos depois que o material no qual elas foram usadas esfria, mas tornam-se visíveis outra vez quando o calor é reaplicado."

"Então, estudei a caveira com cuidado. Suas bordas externas, as bordas do desenho mais próximas da beirada do pergaminho, eram bem mais nítidas do que as outras. Estava claro que a ação do calor havia sido imperfeita ou desigual. De imediato acendi um fogo, e submeti cada parte do pergaminho a um calor radiante. A princípio, o único efeito foi o reforço das linhas fracas do crânio, porém, após perseverar no experimento, tornou-se visível no canto da tira, diagonalmente oposta ao local onde a caveira havia sido desenhada, a figura do que, à primeira vista, pensei ser uma cabra. Uma análise mais detalhada, no entanto, me convenceu de que aquilo tinha a intenção de representar um cabrito[3]."

— Ha! Ha! – eu disse. – Com toda certeza não tenho direito a rir de você, um milhão e meio de dólares são um assunto sério demais para se fazer graça, mas você não está prestes a estabelecer um terceiro elo na sua corrente, você não encontrará nenhuma ligação particular entre os seus piratas e uma cabra. Piratas, como você sabe, não têm nada a ver com cabras, elas dizem respeito aos interesses da agricultura.

— Mas eu acabei de dizer que a figura não era de uma cabra.

— Bem, que seja um cabrito, é quase a mesma coisa.

— Quase, mas não totalmente – disse Legrand. – Você deve ter ouvido falar de certo Capitão Kidd. De imediato considerei a figura do animal como um tipo de trocadilho ou assinatura hieroglífica. Digo assinatura, pois sua posição no pergaminho sugeria esta ideia. A caveira no canto diagonalmente oposto tinha, da mesma forma,

---

[3] "Kid" no original em inglês.

uma aparência de selo, ou marca. Mas fiquei extremamente irritado com a ausência de algo mais: do corpo de meu documento imaginário, de texto para o meu contexto.

— Presumo que você esperava encontrar uma carta entre o selo e a assinatura.

— Algo deste tipo. A verdade é que me senti irresistivelmente impressionado com o presságio de uma iminente e grandiosa boa sorte. Mal posso dizer o porquê. Talvez, afinal de contas, fosse mais um desejo do que uma convicção real. Mas, você sabe que as bobagens ditas por Júpiter, sobre o inseto ser feito de ouro maciço, tiveram um efeito extraordinário em minha imaginação? E depois, a série de acasos e coincidências, estas foram excepcionalmente fantásticas. Você vê o quanto foi apenas um mero acidente estes eventos terem ocorrido no único dia de todo o ano em que estava suficientemente frio para se fazer um fogo, e que, sem o fogo ou sem a intervenção do cachorro no exato momento em que ele apareceu, eu nunca teria tomado conhecimento da caveira e, portanto, nunca teria possuído o tesouro?

— Mas, prossiga, estou tomado de impaciência.

— Bem, você já ouviu, é claro, as várias histórias correntes, os milhares de vagos rumores que circulam sobre dinheiro enterrado, em algum lugar na costa do Atlântico, por Kidd e seus comparsas. Estes rumores deveriam ter alguma base na realidade. E o fato de estes rumores terem existido por tanto tempo e com tanta persistência poderia ser decorrente, me pareceu, de os tesouros enterrados ainda permanecerem sepultos. Tivesse Kidd escondido seu butim por algum tempo, e o recuperado mais tarde, os rumores quase não teriam chegado até nós em sua forma presente invariável. Você pode notar que as histórias contadas por aí são sobre caçadores de tesouros, não sobre pessoas que os encontraram. Caso o pirata tivesse recuperado seu dinheiro, o assunto teria se encerrado ali. Pareceu-me que algum acidente, digamos a perda de um memorando indicando o local, o privou dos meios de recuperar o tesouro, e este acidente tornou-se conhecido por seus seguidores, que de outra forma talvez nunca tivessem ficado sabendo sobre um tesouro escondido, os quais, trabalhando em vão, pois não tinham nada a guiá-los, tentaram recuperá-lo, criando e depois popularizando universalmente os relatos que agora são tão comuns. Você já ouviu falar alguma vez de qualquer tesouro importante que tenha sido desenterrado ao longo do litoral?

— Nunca.

— Mas que os montantes de Kidd eram imensos, isto é bem conhecido. Tomei como certo, portanto, que o solo ainda os guardava. E você mal ficará surpreso quando eu lhe disser que senti uma esperança, que quase chegava a uma certeza, de que aquele pergaminho encontrado em circunstâncias tão estranhas envolvesse o registro perdido do local em que o dinheiro havia sido depositado.

— Mas como você procedeu?

— Segurei o pergaminho sobre o fogo outra vez, depois de aumentar o calor, mas nada apareceu. Então pensei ser possível que a camada de sujeira pudesse ter algo a ver com o fracasso; assim, eu lavei o pergaminho com cuidado derramando água morna sobre ele e, tendo feito isto, eu o coloquei em uma panela de lata com a caveira para baixo, e botei a panela em cima de um forno com carvão aceso. Dentro de alguns minutos, tendo a panela ficado totalmente aquecida, removi a tira e, para minha alegria indescritível, a encontrei manchada em vários lugares com o que me pareceu serem cifras organizadas em linhas. Coloquei outra vez o pergaminho na panela e o fiz suportar mais um minuto. Ao tirá-lo, tudo estava exatamente como você vê agora.

Aqui Legrand, tendo reaquecido o pergaminho, o submeteu à minha análise. Os caracteres a seguir estavam grosseiramente traçados em um tom vermelho entre a caveira e a cabra:

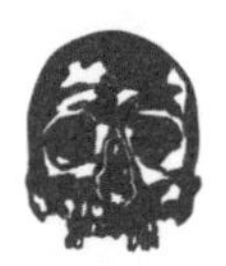

53‡‡†305))6*;4826)4‡.)4‡);806*;48†8¶60))85;1‡(;
:‡*8†83(88)5*†;46(;88*96*?;8)*‡(;485);5*†2:*‡(;4
956*2(5*—4)8¶8*;4069285);)6†8)4‡‡;1(‡9;48081;
8:8‡1;48†85;4)485†528806*81(‡9;48;(88;4
(‡?34;48)4‡;161;:188;‡?;

— Mas – eu disse devolvendo a tira para ele – continuo tão no escuro quanto antes. Se todas as joias de Golconda[4] estivessem à minha espera, dependendo de que eu resolvesse este enigma, tenho total certeza de que não conseguiria ganhá-las.

— E ainda assim – disse Legrand – a solução não é, de modo algum, tão difícil quanto você poderia ser levado a pensar na primeira inspeção apressada dos caracteres. Estes caracteres, como qualquer um pode imaginar facilmente, formam uma cifra, ou seja, eles carregam um significado. Porém, pelo que se sabe a respeito de Kidd, eu não poderia supor que ele fosse capaz de conceber um criptograma dos mais abstrusos. Eu me convenci imediatamente de que este era um criptograma do tipo simples, o qual, por outro lado, pareceria, ao intelecto rude do marinheiro, absolutamente insolúvel sem uma chave.

— E você o resolveu mesmo?

— Prontamente. Já resolvi outros com uma dificuldade dez mil vezes maior. As circunstâncias, e certas inclinações de minha mente,

---

[4] Golconda é uma cidade e fortaleza em ruínas da região central da Índia conhecida por seus tesouros.

levaram-me a ter interesse em tais enigmas, e pode muito bem se duvidar que a engenhosidade humana seja capaz de arquitetar um enigma do tipo que a engenhosidade humana não possa, com a adequada dedicação, resolver. Na realidade, tendo uma vez estabelecido caracteres conectados e legíveis, eu sequer tive que pensar muito diante da mera dificuldade de se revelar seus significados.

"No caso presente, na verdade em todos os casos de escrita secreta, a primeira questão diz respeito ao idioma da cifra; pois os princípios da solução, até agora, especialmente no que tange às cifras mais simples, dependem e variam em função da capacidade de cada idioma em particular. Em geral, não há alternativa a não ser experimentar (dirigido por probabilidades) cada língua conhecida por aquele que busca a solução até que a correta seja encontrada. Porém, com a cifra que agora está à nossa frente, toda dificuldade foi removida por sua assinatura. O trocadilho com a palavra *Kidd* não é possível em nenhum outro idioma além do inglês. Não fosse por esta consideração, eu teria começado minhas tentativas com o espanhol e o francês, idiomas nos quais um segredo desta espécie teria sido certamente escrito por um pirata da Armada Espanhola. Tal como estava, presumi que o criptograma estivesse em inglês."

"Observe que não há divisões entre as palavras. Se houvesse divisões, a tarefa teria sido relativamente fácil. Nesse caso eu teria começado com a ordenação e análise das palavras mais curtas, e, se uma palavra de letra única aparecesse, como seria provável (*a* ou *I*[5], por exemplo), eu teria dado a solução como garantida. Mas, não havendo divisões, meu primeiro passo foi determinar as letras predominantes, assim como as de menor frequência. Calculando tudo, criei uma tabela assim:"

---

[5] Em português: "um" e "eu".

| Caractere | Ocorrências |
|---|---|
| 8 | 33 |
| ; | 26 |
| 4 | 19 |
| ‡) | 16 |
| * | 13 |
| 5 | 12 |
| 6 | 11 |
| †1 | 8 |
| 0 | 6 |
| 92 | 5 |
| :3 | 4 |
| ? | 3 |
| ¶ | 2 |
| — | 1 |

"Agora, no inglês, a letra que ocorre com mais frequência é o *e*. Em seguida, a sucessão ocorre assim: *a o i d h n r s t u y c f g l m w b k p q x z*. O *e* predomina tão notavelmente que quase nunca se vê uma única frase, de qualquer tamanho, na qual ele não seja o caractere prevalecente."

“Temos aqui, então, bem no início, as bases para se trabalhar com algo mais do que um mero palpite. O uso geral que pode ser feito da tabela é óbvio, entretanto, nesta cifra em particular, precisaremos de sua ajuda muito parcialmente. Como nosso caractere predominante é o *8*, começaremos assumindo que ele é o *e* do alfabeto verdadeiro. Para verificar esta suposição, vamos observar se o *8* aparece muitas vezes duplicado, pois o *e* é duplicado com muita frequência no inglês em palavras como *meet*, *fleet*, *speed*, *seen*, *been*, *agree*[6], etc... No exemplo aqui presente, vemos que ele aparece duplicado nada menos do que cinco vezes, embora o criptograma seja conciso.”

“Vamos aceitar então o *8* como *e*. Agora, de todas as palavras do idioma, *the*[7] é a mais comum. Vejamos, portanto, se não há repetições de quaisquer três caracteres, na mesma ordem de colocação, com o último deles sendo o *8*. Se descobrirmos repetições de tais letras, assim arranjadas, elas muito provavelmente representarão a palavra *the*.

[6] Em português: “encontrar”, “frota”, “velocidade”, “visto”, “esteve/foi”, “concordar”.

[7] Em português: “o”, “a”, “os”, “as”.

Após uma inspeção, encontramos nada menos do que sete de tais combinações, sendo os caracteres *;48*. Podemos então presumir que *;* representa o *t*, o *4* representa o *h*, e o *8* representa o *e*, este último agora mais do que confirmado. Desta forma, um grande passo foi dado.

"Mas, tendo estabelecido uma única palavra, somos capazes de estabelecer um ponto muito mais importante, ou seja, vários começos e terminações de outras palavras. Vamos nos dirigir, por exemplo, até a penúltima instância em que a combinação *;48* ocorre, não muito longe do fim da cifra. Sabemos que o caractere *;* imediatamente seguinte é o começo de uma palavra, e, dos seis caracteres que sucedem este *the*, estamos cientes de nada menos do que cinco deles. Vamos escrever estes caracteres, portanto, com as letras que sabemos que eles representam, deixando um espaço para a letra desconhecida:"

*t eeth*

“Aqui ficamos possibilitados de descartar imediatamente o *th* como parte integrante da palavra começada com o primeiro *t*, já que, experimentando o alfabeto inteiro em busca de uma letra para preencher a lacuna, percebemos que nenhuma palavra poderia ser formada tendo este *th* como parte dela. Assim, ficamos limitados a:”

*t ee*

“E, percorrendo o alfabeto, se necessário, como antes, chegamos até a palavra *tree*[8] como única leitura possível. Deste modo conseguimos mais uma letra, a *r*, representada pelo caractere *(*, com as palavras *the* e *tree* em justaposição.”

“Observando para além destas palavras, por uma curta distância, vemos outra vez a combinação *;48*, e a empregamos como terminação do que imediatamente a precede. Assim, temos a seguinte combinação:”

*the tree ;4(‡?34 the*

[8] Em português: “árvore”.

"Ou, substituindo pelas letras naturais, onde conhecidas, ela fica assim:"

*the tree thr‡?3h the*

"Agora, se deixarmos espaços em branco, ou pontos substitutos, no lugar dos caracteres desconhecidos, conseguimos o seguinte:"

*the tree thr...h the*

"Onde a palavra *through*[9] logo se faz evidente. E esta descoberta nos dá mais três letras novas, *o*, *u* e *g*, representados por *‡*, *?*, e *3*."

"Procurando agora, meticulosamente, ao longo da cifra por combinações de caracteres conhecidos, nós encontramos, não muito longe do início, a seguinte combinação:"

*83(88*, ou *egree*

[9] Em português: "através".

"Que, claramente, é a conclusão da palavra *degree*[10], e nos dá mais uma letra, a *d*, representada por †."

"Quatro letras depois da palavra *degree*, notamos a combinação:"

*;46(;88.*

"Traduzindo os caracteres conhecidos, e representando os desconhecidos por pontos, como antes, lemos o seguinte:"

*th.rtee.*

"Uma combinação que imediatamente sugere a palavra *thirteen*, nos fornecendo outra vez dois novos caracteres, *i* e *n*, representados por *6* e *."

"Dirigindo-se agora para o início do criptograma, encontramos a seguinte combinação:"

*53‡‡†*

---

[10] Em português: "grau".

"Traduzindo-a como antes, obtemos:"

*. good*

"O que nos assegura de que a primeira letra é *A*, e que as duas primeiras palavras são *A good*[11]."

"Agora é o momento de organizarmos nossa chave, com o tanto que foi descoberto, em forma de tabela, para evitarmos confusão. Ela ficará assim:"

| | |
|---|---|
| 5 | a |
| † | d |
| 8 | e |
| 3 | g |
| 4 | h |
| 6 | i |
| * | n |
| ‡ | o |
| ( | r |
| ; | t |

[11] Em português: "Um bom".

"Temos, portanto, nada menos do que onze das letras mais importantes representadas, e não será necessário continuarmos com os detalhes desta solução. Já disse o suficiente para convencê-lo de que cifras desta espécie são facilmente solúveis, e para dar a você algum conhecimento acerca da lógica de seu desenvolvimento. Mas, tenha certeza de que o espécime diante de nós pertence ao tipo mais simples de criptograma. Agora resta apenas apresentar a você a tradução completa dos caracteres no pergaminho, após serem decifrados. Aqui está:"

*A good glass in the bishop's hostel in the devil's seat forty-one degrees and thirteen minutes northeast and by north main branch seventh limb east side shoot from the left eye of the death's-head a bee line from the tree through the shot fifty feet out.*

*(Um bom vidro na estalagem do Bispo na cadeira do Diabo quarenta e um graus e treze minutos nordeste e ao norte tronco principal sétimo galho lado leste atire pelo olho esquerdo da caveira uma linha contínua da árvore até o tiro cinquenta pés para fora.)*

— Mas – eu disse – o enigma ainda parece estar em uma condição tão ruim quanto antes. Como é possível extrair um sentido de todos estes jargões sobre "cadeiras do diabo", "caveiras" e "estalagens do bispo"?

— Confesso – respondeu Legrand – que o problema ainda tenha um aspecto severo, quando observado com um olhar casual. Meu primeiro trabalho foi dividir a frase na forma original almejada pelo criptógrafo.

— Você quer dizer pontuá-la?

— Algo do tipo.

— Mas como isto foi possível?

— Ponderei que havia sido a intenção do escritor colocar as palavras todas juntas, sem separações, para aumentar a dificuldade da solução. Agora, um homem não muito perspicaz, ao buscar tal objetivo, quase certamente iria exagerar o problema. Quando, no decorrer de sua composição, ele chegava a um intervalo em seu tema que requereria, naturalmente, uma pausa ou um ponto, ele ficava extremamente inclinado a colocar seus caracteres mais unidos do que o usual neste espaço. Se você observar o manuscrito em sua instância atual, facilmente encontrará cinco casos de tal aglomeração incomum. Agindo de acordo com este palpite, fiz a divisão a seguir:

*A good glass in the Bishop's hostel in the Devil's seat — forty-one degrees and thirteen minutes — northeast and by north — main branch seventh limb east side — shoot from the left eye of the death's-head — a bee-line from the tree through the shot fifty feet out.*

*(Um bom vidro na estalagem do Bispo na cadeira do Diabo — quarenta e um graus e treze minutos — nordeste e ao norte — tronco principal sétimo galho lado leste — atire pelo olho esquerdo da caveira — uma linha contínua da árvore até o tiro cinquenta pés para fora.)*

— Mesmo esta divisão – eu disse – ainda me deixa no escuro.

— Também me deixou no escuro – respondeu Legrand – por alguns dias, durante os quais fiz uma investigação rigorosa nas cercanias da

Ilha Sullivan, procurando por algum prédio chamado "Hotel do Bispo", pois, é claro, dispensei a palavra obsoleta "estalagem". Sem conseguir informações sobre este assunto, eu estava a ponto de expandir minha esfera de pesquisa e prosseguir de um modo mais sistemático quando, certa manhã, de repente, pensei que esta "Estalagem do Bispo" poderia ser alguma referência a uma antiga família chamada Bessop, a qual, há muito tempo, possuía uma velha mansão cerca de quatro milhas ao norte da ilha. Consequentemente, fui até a fazenda e refiz minha investigação em meio aos negros mais velhos do lugar. Por fim, uma das mulheres mais velhas disse que havia ouvido falar sobre um local chamado Castelo de Bessop, e ela achava que poderia me guiar até lá, mas não se tratava de um castelo, tampouco uma taverna, mas de uma rocha alta.

"Ofereci pagar muito bem pelo seu incômodo e, depois de algumas objeções, ela aceitou me acompanhar até o local. Nós o encontramos sem muita dificuldade e, dispensando-a, comecei a examinar o lugar. O "castelo" era formado por um conjunto irregular de falésias e rochas, sendo uma destas últimas bastante notável por sua altura, bem como por sua aparência isolada e artificial. Escalei até seu topo, e depois me senti completamente perdido quanto ao que eu deveria fazer em seguida."

"Enquanto estava ocupado refletindo, meus olhos caíram sobre uma saliência estreita na face oriental da rocha, talvez uma jarda abaixo do cume onde eu estava. Esta saliência se projetava por cerca de dezoito polegadas, e não tinha mais do que um pé de largura, enquanto um nicho na falésia logo acima dava a ela uma semelhança grosseira com as aquelas cadeiras de espaldar oco usadas por nossos antepassados. Não tive dúvidas de que ali estava a "cadeira do diabo" mencionada no manuscrito, e então me pareceu ter entendido o segredo completo do enigma."

"O 'bom vidro', eu sabia, não poderia significar outra coisa além de um telescópio, pois a palavra 'vidro' raramente é empregada pelos marujos com outro sentido. Então, de imediato vi que deveria usar um telescópio e que havia um ponto de vista definido onde iria empregá-lo, não admitindo variação. Também não hesitei em acreditar que as expressões 'quarenta e um graus e treze minutos' e 'nordeste e ao norte' haviam sido concebidas como direções para o nivelamento do telescópio. Muito animado com as descobertas, voltei correndo para casa, arranjei um telescópio e retornei à rocha."

"Desci até a saliência e descobri que era impossível manter-se sentado sobre ela, exceto numa posição em particular. Este fato confirmou minha ideia preconcebida. Em seguida, usei o telescópio. É claro, os 'quarenta e um graus e treze minutos' poderiam apenas sugerir a elevação acima do horizonte visível, já que a direção horizontal estava claramente indicada pelas palavras 'nordeste e ao norte'. Estabeleci de imediato esta última direção por meio de uma bússola de bolso, então, apontando o telescópio o mais próximo possível de um ângulo com quarenta e um graus de elevação que eu poderia estimar, o movi para cima e para baixo, até que minha atenção foi capturada por uma falha ou abertura circular na folhagem de uma árvore enorme que se destacava entre suas companheiras à distancia. No centro desta falha, notei um ponto branco, porém, a princípio, não consegui distinguir o que era. Ajustando o foco do telescópio, observei outra vez, e assim percebi que se tratava de um crânio humano."

"Diante desta descoberta, fiquei tão animado a ponto de considerar o enigma resolvido, pois a expressão 'tronco principal, sétimo galho, lado leste' podia apenas se referir à posição do crânio sobre a árvore, enquanto 'atire pelo olho esquerdo da caveira' admitia também só uma interpretação no que se referia a uma busca por tesouros escondidos. Percebi que a ideia era largar uma bala pelo olho esquerdo do crânio, e que uma linha contínua ou, em outras palavras, uma linha reta, estendida do ponto mais próximo do tronco até 'o tiro' (ou o ponto onde a bala caiu) e depois ampliada até a distância de cinquenta pés, indicaria um local preciso. E, debaixo deste ponto, pensei que seria bem possível haver uma soma valiosa escondida."

— Tudo isto – eu disse – está extremamente claro e, embora engenhoso, ainda é simples e explícito. Quando você deixou o Hotel do Bispo, o que aconteceu então?

— Ora, tendo apanhado cuidadosamente as direções da árvore, voltei para casa. No instante em que deixei a "cadeira do diabo", entretanto, a abertura circular desapareceu, tampouco pude obter um vislumbre dela mais tarde, não importando o quando me virasse. O que me parece ser a maior engenhosidade em todo este caso é o fato (pois a repetição do experimento me convenceu de que é um fato) de que a abertura circular em questão não seja visível em nenhum outro ponto de vista além daquele proporcionado pela saliência estreita na face da rocha.

"Nesta expedição ao 'Hotel do Bispo', fui auxiliado por Júpiter, que havia, sem dúvida, observado a abstração de meu comportamento por algumas semanas, e tomou um cuidado especial para não me deixar sozinho. Porém, no dia seguinte, acordando muito cedo, consegui escapar dele e fui até as colinas em busca da árvore. Após muito esforço eu a encontrei. Quando voltei para casa à noite, meu criado tencionou me chicotear. Acredito que você esteja tão familiarizado com o resto desta aventura quanto eu."

— Suponho – eu disse – que você tenha errado o ponto, na primeira tentativa de escavação, devido à estupidez de Júpiter ao deixar o inseto cair pelo olho direito da caveira ao invés do esquerdo.

— Exatamente. Este erro provocou uma diferença de cerca de duas polegadas e meia no "tiro", isto é, na posição da estaca mais próxima da árvore; e, caso o tesouro estivesse debaixo do "tiro", o erro teria sido de pouca importância, porém, o "tiro", e o ponto mais próximo da árvore, eram apenas dois pontos para se estabelecer uma linha de direção. É claro que o erro, por mais trivial que fosse no início, agravou-se enquanto prosseguíamos com a linha, e no momento em que já havíamos percorrido cinquenta pés ele nos jogou totalmente para fora do caminho. Não fosse pela minha impressão profundamente arraigada de que um tesouro estava mesmo enterrado por ali, poderíamos ter feito todo aquele trabalho em vão.

— Mas a sua grandiloquência, e a sua conduta balançando o escaravelho, elas foram extremamente estranhas! Tive certeza de que você estava louco.

E por que você insistiu em deixar o inseto cair pelo buraco da caveira, ao invés de uma bala?

— Ora, para ser franco, eu me senti um tanto incomodado pela sua suspeita evidente acerca de minha sanidade, então, resolvi puni-lo silenciosamente, a meu próprio modo, com um pouco de mistificação moderada. Por esta razão eu balancei o escaravelho, e por esta razão eu o deixei cair da árvore. Uma das suas observações sobre o peso enorme do inseto me sugeriu esta última ideia.

— Sim, eu percebi. E agora resta apenas um ponto que me intriga. O que devemos pensar dos esqueletos encontrados no buraco?

— Esta é uma questão que não estou mais habilitado a responder do que você. Parece haver, no entanto, somente uma explicação plausível para eles, porém é terrível acreditar em tal atrocidade como a que meu pensamento implica. É claro que Kidd, se foi ele mesmo que escondeu este tesouro, algo que não duvido, deve ter recebido ajuda no trabalho. Porém, com o trabalho concluído, ele deve ter pensado que seria necessário remover todos os participantes de seu segredo. Talvez alguns golpes com uma picareta tenham sido suficientes enquanto seus ajudantes estivessem ocupados no poço; talvez uma dúzia de golpes, quem pode saber?

## SOBRE POE

Edgar Allan Poe nasceu em Boston, no ano de 1809, mas passou sua infância e juventude na Virgínia. Após uma breve e fracassada tentativa de seguir carreira militar, Poe decidiu que seria escritor e este seria seu ganha pão, um dos primeiros a arriscar a sorte vivendo de seus escritos. Começou trabalhando em jornais e periódicos e suas críticas literárias sempre ácidas logo o tornaram conhecido. Em 1845, lança O Corvo, poema que lhe traria sucesso imediato. Apesar da morte prematura, aos 40 anos por causa desconhecida, Edgar Allan Poe influenciou inúmeros escritores como Arthur Conan Doyle, Jules Verne e H. G. Wells. Seus poemas, contos e novelas são muito populares até hoje. *O Escaravelho de Ouro* foi publicado no Philadelphia Dollar Newspaper, em 1843.

*?95 9865 *‡6;8 53(8);8 ^?5*†‡ 8? Ø65 Ø8*;‡ 8 ;(6);8
¶53‡) -?(6‡)‡) ;‡9‡) †8 -68*-65) 5*-8);(56)
8 }5 ^?5)8 5†‡(98-65 ‡?¶6 ‡ ^?8 .5(8-65
‡ )‡9 †8 5Ø3?89 ^?8 25;65 Ø8¶898*;8 5 98?) ?92(56)
?95 ¶6)6;5 8? 98 †6))8 8);5 25;8*†‡ 5 98?) ?92(56)
8 )‡ 6);‡ 8 *5†5 956)

54 ^?8 289 †6))‡ 98 Ø892(‡ 8(5 *‡ 1(6‡ †8=892(‡
8 ‡ 1‡3‡ 9‡((8*†‡ *83(‡ ?(†65 )‡92(5) †8)63?56)
-‡9‡ 8? ^?8(65 5 95†(?35†5 ;‡†5 5 *‡6;8 5‡) Ø6¶(‡) †5†5
.5(5 8)^?8-8( 89 ¶5‡ 5 595†5 4‡}8 8*;(8 4‡);8) -8Ø8);656)
8))5 -?}‡ *‡98 )5289 5) 4‡);8) -8Ø8);656)
95) )89 *‡98 5^?6 }5956)

-‡9‡ 5 ;(898( 1(6‡ 8 1(‡?[‡ -5†5 (8.‡);86(‡ (‡[‡
98 6*-?;65 ?(†65 8);(5*4‡) ;8((‡(8) *?*-5 5*;8) ;56)
95) 5 969 98)9‡ 6*1?*†6†‡ 1‡(#5 8? 65 (8.8;6*†‡
8 ?95 ¶6)6;5 .8†6*†‡ 8*;(5†5 5^?6 89 98?) ?92(56)
?95 ¶6)6;5 ;5(†65 .8†8 8*;(5†5 89 98?) ?92(56)
8 )‡ 6);‡ 8 *5†5 956)

8 956) 1‡(;8 *?9 6*);5*;8 }5 *89 ;5(†‡ ‡? 48)6;5*;8
)8*4‡( 8? †6))8 ‡? )8*4‡(5 †8-8(;‡ 98 †8)-?Ø.56)
95) 8? 65 5†‡(98-8*†‡ ^?5*†‡ ¶68);8) 25;8*†‡
;5‡ Ø8¶898*;8 25;8*†‡ 25;8*†‡ .‡( 98?) ?92(56)
^?8 95Ø ‡?¶6 8 52(6 Ø5(3‡) 1(5*^?85*†‡‡) 98?) ?92(56)
*‡6;8 *‡6;8 8 *5†5 956)

5 ;(8¶5 8*‡(98 16;5*†‡ 16^?86 .8(†6†‡ (8-85*†‡
†?26‡ 8 ;56) )‡*4‡) )‡*45*†‡ ^?8 ‡) *6*3?89 )‡*4‡? 63?56)
95) 5 *‡6;8 8(5 6*16*6;5 5 .5= .(‡1?*†5 8 95Ø†6;5
8 5 ?*6-5 .5Ø5¶(5 †6;5 1‡6 ?9 *‡98 -486‡ †8 56)
8? ‡ †6))8 ‡ *‡98 †8Ø5 8 ‡ 8-‡ †6))8 5‡) 98?) 56)
6))‡ )‡ 8 *5†5 956)

.5(5 †8*;(‡ 8*;5‡ ¶‡Ø¶8*†‡ ;‡†5 5 5Ø95 89 969 5(†8*†‡
*5‡ ;5(†‡? ^?8 ‡?¶6))8 *‡¶‡ )‡9 25;8*†‡ 956) 8 956)
.‡( -8(;‡ †6))8 8? 5^?8Ø5 2?Ø45 8 *5 96*45 }5*8Ø5
¶59‡) ¶8( ‡ ^?8 8);5 *8Ø5 8 ‡ ^?8 )5‡ 8);8) )6*56)
98? -‡(5#5‡ )8 †6);(565 .8)^?6)5*†‡ 8);8) )6*56)
8 ‡ ¶8*;‡ 8 *5†5 956)

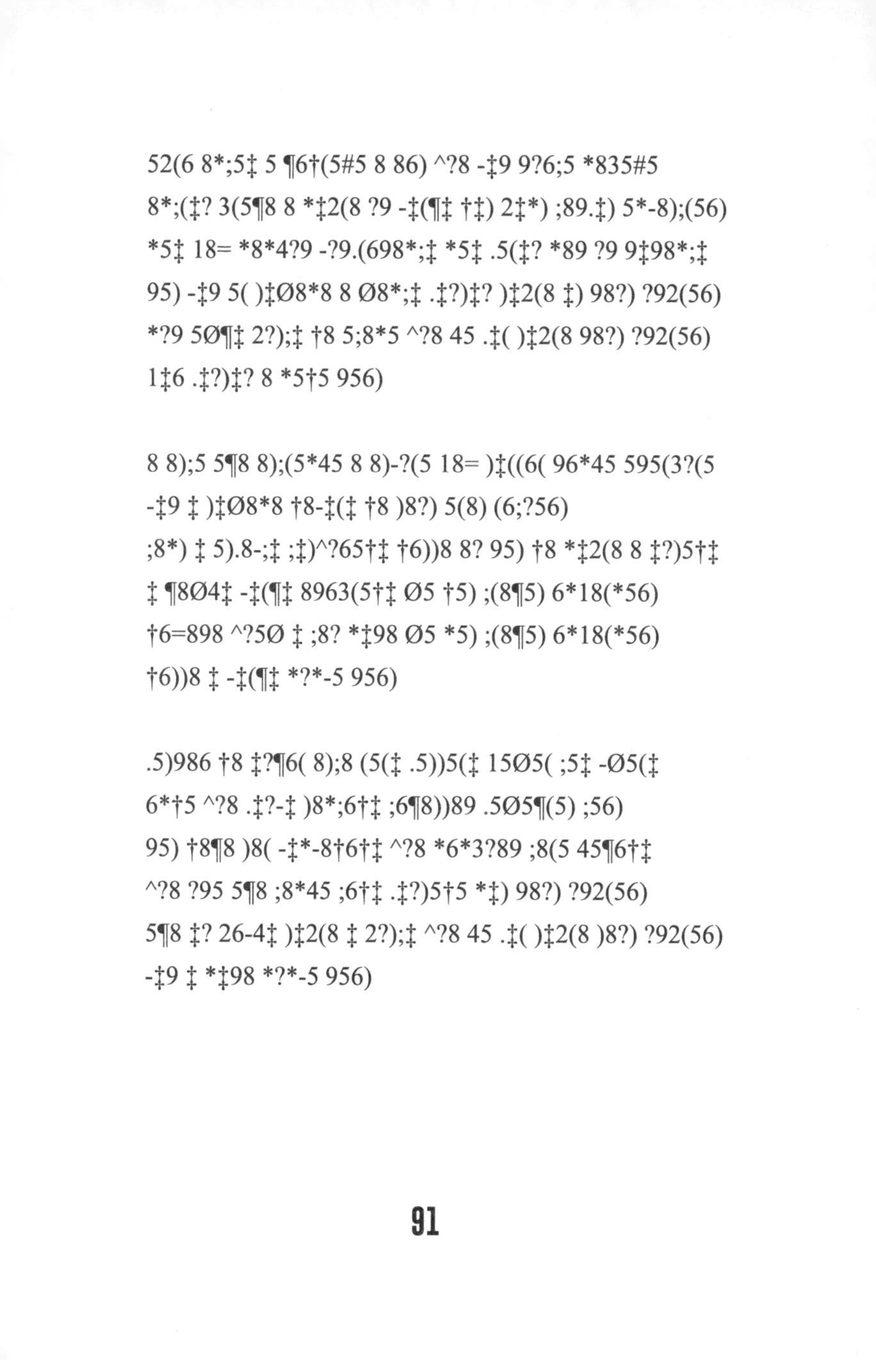

52(6 8*;5‡ 5 ¶6†(5#5 8 86) ^?8 -‡9 9?6;5 *835#5
8*;(‡? 3(5¶8 8 *‡2(8 ?9 -‡(¶‡ †‡) 2‡*) ;89.‡) 5*-8);(56)
*5‡ 18= *8*4?9 -?9.(698*;‡ *5‡ .5(‡? *89 ?9 9‡98*;‡
95) -‡9 5( )‡Ø8*8 8 Ø8*;‡ .‡?)‡? )‡2(8 ‡) 98?) ?92(56)
*?9 5Ø¶‡ 2?);‡ †8 5;8*5 ^?8 45 .‡( )‡2(8 98?) ?92(56)
1‡6 .‡?)‡? 8 *5†5 956)

8 8);5 5¶8 8);(5*45 8 8)-?(5 18= )‡((6( 96*45 595(3?(5
-‡9 ‡ )‡Ø8*8 †8-‡(‡ †8 )8?) 5(8) (6;?56)
;8*) ‡ 5).8-;‡ ;‡)^?65†‡ †6))8 8? 95) †8 *‡2(8 8 ‡?)5†‡
‡ ¶8Ø4‡ -‡(¶‡ 8963(5†‡ Ø5 †5) ;(8¶5) 6*18(*56)
†6=898 ^?5Ø ‡ ;8? *‡98 Ø5 *5) ;(8¶5) 6*18(*56)
†6))8 ‡ -‡(¶‡ *?*-5 956)

.5)986 †8 ‡?¶6( 8);8 (5(‡ .5))5(‡ 15Ø5( ;5‡ -Ø5(‡
6*†5 ^?8 .‡?-‡ )8*;6†‡ ;6¶8))89 .5Ø5¶(5) ;56)
95) †8¶8 )8( -‡*-8†6†‡ ^?8 *6*3?89 ;8(5 45¶6†‡
^?8 ?95 5¶8 ;8*45 ;6†‡ .‡?)5†5 *‡) 98?) ?92(56)
5¶8 ‡? 26-4‡ )‡2(8 ‡ 2?);‡ ^?8 45 .‡( )‡2(8 )8?) ?92(56)
-‡9 ‡ *‡98 *?*-5 956)

95) ‡ -‡(¶‡ )‡2(8 ‡ 2?);‡ *5†5 956) †6))8(5 5?3?);‡
^?8 8))5 1(5)8 ^?5Ø )8 *8Ø5 5 5Ø95 Ø48 16-5))8 89 56)
*89 956) ¶‡= *89 9‡¶698*;‡ 18= 8 8? 89 98? .8*)598*;‡
.8(†6†‡ 9?(9?(86 Ø8*;‡ 5963‡ )‡*4‡) 9‡(;56)
;‡†‡) ;‡†‡) }5 )8 1‡(59 595*45 ;59289 ;8 ¶56)
†6))8 ‡ -‡(¶‡ *?*-5 956)

5 5Ø95 )?26;‡ 9‡¶6†5 .‡( 1(5)8 ;5‡ 289 -526†5
.‡( -8(;‡ †6))8 8? )5‡ 8);5) ¶‡=8) ?)?56)
5.(8*†8?5) †8 5Ø3?9 †‡*‡ ^?8 5 †8)3(5#5 8 ‡ 525*†‡*‡
)83?6(59 5;8 ^?8 ‡ 8*;‡*‡ †5 5Ø95 )8 ^?82(‡? 89 56)
8 ‡ 2‡(†5‡ †8 †8)8).8(5*#5 †8 )8? -5*;‡ -486‡ †8 56)
8(5 8);8 *?*-5 956)

95) 15=8*†‡ 6*†5 5 5¶8 8)-?(5 )‡((6( 5 96*45 595(3?(5
)8*;8698 †81(‡*;8 †8Ø5 †‡ 5Ø¶‡ 2?);‡ 8 98?) ?92(56)
8 8*;8((5†‡ *5 -5†86(5 .8*)86 †8 9?6;5 95*86(5
^?8 ^?8(65 8);5 5¶8 53‡?(86(5 †‡) 95?) ;89.‡) 5*-8);(56)
8);5 5¶8 *83(5 8 53‡?(86(5 †‡) 95?) ;89.‡) 5*-8);(56)
-‡9 5^?8Ø8 *?*-5 956)

-‡963‡ 6);‡ †6)-‡((8*†‡ 95) *89 )6Ø525 †6=8*†‡
5 5¶8 ^?8 *5 96*45 5Ø95 -(5¶5¶5 ‡) ‡Ø4‡) 15;56)
6);‡ 8 956) 65 -6)95*†‡ 5 -528#5 (8-Ø6*5*†‡
*‡ ¶8Ø?†‡ ‡*†8 5 Ø?= .?*45 ¶535) )‡92(5) †8)63?56)
*5^?8Ø8 ¶8Ø?†‡ ‡*†8 8Ø5 8*;(8 5) )‡92(5) †8)63?56)
(8-Ø6*5()85 *?*-5 956)

18=)8 8*;5‡ ‡ 5( 956) †8*)‡ -‡9‡ -486‡ †?9 6*-8*)‡
^?8 5*}‡) †8))89 -?}‡) Ø8¶8) .5))‡) )‡59 9?)6-56)
95Ø†6;‡ 5 969 †6))8 †8?;8 †8?) .‡( 5*}‡) -‡*-8†8?;8
‡ 8)^?8-698*;‡ ¶5Ø8?;8 ;‡95‡ 8)^?8-8 -‡9 ;8?) 56)
‡ *‡98 †5 ^?8 *5‡ 8)^?8-8) 8 ^?8 15= 8))8) ;8?) 56)
†6))8 ‡ -‡(¶‡ *?*-5 956)

.(‡18;5 †6))8 8? .(‡18;5 ‡? †89‡*6‡ ‡? 5¶8 .(8;5
1‡))8 †652‡ ‡? ;89.8);5†8 ^?89 ;8 ;(‡?x8 5 98?) ?92(56)
5 8);8 Ø?;‡ 8 8);8 †83(8†‡ 5 8);5 *‡6;8 8 8);8 )83(8†‡
5 8);5 -5)5 †8 5*)65 8 98†‡ †6=8 5 8);5 5Ø95 5 ^?89 5;(56)
)8 45 ?9 25Ø)59‡ Ø‡*36*^?‡ .5(5 8);5 5Ø95 5 ^?89 5;(56)
†6))8 ‡ -‡(¶‡ *?*-5 956)

.(‡18;5 †6))8 8? .(‡18;5 ‡? †89‡*6‡ ‡? 5¶8 .(8;5
.8Ø‡ †8?) 5*;8 ^?89 592‡) )‡9‡) 1(5-‡) 8 9‡(;56)
†6=8 5 8);5 5Ø95 8*;(6);8-6†5 )8 *‡ 8†8* †8 ‡?;(5 ¶6†5
¶8(5 8))5 4‡}8 .8(†6†5 8*;(8 4‡);8) -8Ø8);656)
8))5 -?}‡ *‡98 )5289 5) 4‡);8) -8Ø8);656)
†6))8 ‡ -‡(¶‡ *?*-5 956)

^?8 8))8 3(6;‡ *‡) 5.5(;8 5¶8 ‡? †652‡ 8? †6))8 .5(;8
;‡(*5 5 *‡6;8 8 5 ;89.8);5†8 ;‡(*5 5) ;(8¶5) 6*18(*56)
*5‡ †86[8) .8*5 ^?8 5;8);8 5 98*;6(5 ^?8 †6))8);8
96*45 )‡Ø6†5‡ 98 (8);8 ;6(5;8 †8 98?) ?92(56)
;6(5 ‡ ¶?Ø;‡ †8 98? .86;‡ 8 5 )‡92(5 †8 98?) ?92(56)
†6))8 ‡ -‡(¶‡ *?*-5 956)

8 ‡ -‡(¶‡ *5 *‡6;8 6*16*†5 8);5 56*†5 8);5 56*†5
*‡ 5Ø¶‡ 2?);‡ †8 5;8*5 ^?8 45 .‡( )‡2(8 ‡) 98?) ?92(56)
)8? ‡Ø45( ;89 5 98†‡*45 -‡( †8 ?9 †89‡*6‡ ^?8 )‡*45
8 5 Ø?= Ø5*#5Ø48 5 ;(6);‡*45 )‡92(5 *‡ -45‡ 45 956) 8 956)
8 5 96*45 5Ø95 †8))5 )‡92(5 ^?8 *‡ -45‡ 45 956) 8 956)
Ø628(;5()85 *?*-5 956)

‡ -‡(¶‡
†8 8†35( 5Ø5* .‡8
;(5†?#5‡ †8 18(*5*†‡ .8))‡5

| | | |
|---|---|---|
| a | = | 5 |
| b | = | 2 |
| c | = | - |
| ç | = | # |
| d | = | † |
| e | = | 8 |
| f | = | 1 |
| g | = | 3 |
| h | = | 4 |
| i | = | 6 |
| j | = | } |
| l | = | Ø |
| m | = | 9 |
| n | = | * |
| o | = | ‡ |
| p | = | . |
| q | = | ^ |
| r | = | ( |
| s | = | ) |
| t | = | ; |
| u | = | ? |
| v | = | ¶ |
| w | = | ] |
| x | = | [ |
| y | = | : |
| z | = | = |